羽虫群

虫武一俊

新鋭短歌

羽虫群

＊

目次

I

II

III

Ⅳ

I

それなりの春っぽさ

少しずつ月を喰らって逃げている獣のように生きるしかない
生きかたが湊かむように恥ずかしく花の影にも背を向けている

問い詰める視線にまわりを囲まれて息したらもう有罪だった

どれくらいおれはひとりだ　ポケットのなかの砂丘に蠍の骸

しまうまのこれは黒側の肉だってまたおれだけが見分けられない

雑草の味を知るかと雑草にすごまれる　どこへ行けというのか

いっときの関係として雨の日に硬貨を渡し傘をいただく

剝きだしの地球の上に転がってそのまま落下するまでを待つ

いらないと言われて立ちつくすおれにひとつ、ふたつ、とかかるハンガー

殴ることができずにおれは手の甲にただ山脈を作りつづける

ジャム売りや飴売りが来てひきこもる家にもそれなりの春っぽさ

死にたいと思う理由がまたひとつ増えて四月のこの花ざかり

螺旋階段ひとりだけ逆方向に駆け下りていくあやまりながら

持久走

走りながら飲みほす水ののみにくさ　いつまでおれはおれなんだろう

号砲のけむりがさっさとあきらめて冬とひとつになるのを見てた

おさなさにまかせてかつて鉛筆をへし折ったこと　赤だったこと

抜かされることには慣れてだんだんとまるまるころころころよける

このまんま待っても亀になれぬなら手足はどこへどうすればいい

「む」の予測変換第一候補には「無職透明」　真裸の木々

ふゆかげのちからよわさよ持久走最下位という事実のなかの

しあわせは夜の電車でうたた寝の誰かにもたれかかられること

爆発しない

ええどうぞ訊いてくれてもいいですよ石を呑みこむ覚悟があるなら

そらしたい話のためにぶちまけた牛乳の生臭さがわたし

はい・いいえで答えられない冬にいてズボンのポケットから手は出ない

自販機の赤を赤だと意識するたまにお金を持ち歩くとき

痩せがまんだった無収入生活の節約術がかなり楽しい

ジャケットの内ポケットにしのばせた風俗ティッシュで生きながらえる

電飾の美しい世に「遅咲きのぼくたち」なんてきみは語るが

この格差社会の底の草原におれはこそこそ草を食う鹿

押すたびに爆発夢想するもまた鳥のさえずりだった信号機

人間と関わりのない職業を探し求めて濡れる手のひら

飲み込んだ言葉がきっとあるはずのカウンセラーよ　駅まで雨だ

十割

情けないほうがおれだよ迷ったら強い言葉を投げてごらんよ

冬の日のプールのような色だろう風呂にこのままおれを煮出せば

イチローの二〇〇〇安打の十年のその十割を名もなく過ごす

あと戻りできないフロアまで行ってそれでもすっぽかしたことがある

ラクダさえ来れば砂漠になれたんだごめんね集まってくれたのに

どぶ川に落ちたばかりのオレンジがまぶしくてまぶしくて逃げたい

くだり坂ばっかりだったはずなのにのぼってきたみたいにくるしい

現状を打破しなきゃって妹がおれにひきあわせる髭の人

天気の話

ドーナツ化現象のそのドーナツのぱさぱさとしたところに暮らす

なにもかも符牒みたいで両親の天気の話から逃げだした

弟がおれを見るとき（なんだろう）黒目の黒のそのねばっこさ

窓枠のかたちの届く距離が日々変化して人生はおもしろい

目を閉じて屋根の向こうの星叩く　この世は永遠の暇潰し

道ばたに赤、青、黄、緑　レゴたちがぶちまけられているこんなふうに死ぬ

吐く母を見おろす真昼あと何度母を見おろす日があるだろう

新しき年のはじめのめでたさや栗きんとんから栗が見つかる

あすはきょうの続きではなく太陽がアメリカザリガニ色して落ちる

なにも持たない

リニューアルセールがずっとつづく町　夕日に影をつぎ足しながら

苦労話を聞かされている壺の底古代エジプト型の砂糖と

貼り紙は裂け目のひとつから破け人を裏切ることの爽快
入り組んだ団地を歩く　さびしさが寂寥になるための過程に
ああここも袋小路だ爪のなかに入った土のようにしめって

空き缶に生きたあかしを蹴り刻む明日死ぬってわけではないが

喪失感まみれの夜にひとつひとつブロッコリーの毛を数えてる

ゆうぐれのジャングルジムにぶらさがり猿へのターン始まっている

海外のニュースをずっとつけたまま、あ、らぴすらずり、おいしそう

みつあみにオーバーオールの女の子みたいにここに陽だまりがある

この星も宇宙の駅のひとつにて夕焼け口を静かに行き交う

満開のなかを歩いて抜けてきたなにも持たない手にも春風

遠く離れて

「負けたくはないやろ」と言うひとばかりいて負けたさをうまく言えない

丁寧に電話を終えて親指は蜜柑の尻に穴をひろげる

剣豪のように両手にハンガーを構えてしまうひとときがある

ロングシートにおにぎりを食う母子のいて四月電車のはずむ光よ

捨てられずにきた憐憫の内側のむせ返るほど檸檬の匂い

手のなかに切ってしばらく経つ爪のかけらがあってとても静かだ

くれないの京阪特急過ぎゆきて　なんにもしたいことがないんだ

よれよれのシャツを着てきてその日じゅうよれよれのシャツのひとと言われる

できるだけ遠く離れて夕暮れの電光掲示板読みやすい

生活を追う日々にいて靴下の互いちがいに笑う二十二時

防ぎようのなく垂れてくる鼻水のこういうふうに来る金はない

空き缶を持ったまま行く春の夜の星と都市ではどちらが寒い

ゆるやかに父が眉から老いていくかつてはわれを打ち据えた眉

赤裸々の赤の真っ赤よ　かぎりなくひとりを憎みたいこころとは

マネキンの首から上を棒につけ田んぼに挿している老母たち

抱き寄せる妄想にだけあらわれる裏路地はありどこへ繋がる

風の野に高い木はなし　進むとき膝に当たってくる彼岸花

わからずに乗り込んだバスがうまいこと行きたいところに行って二〇〇円

なんとなく生まれてしまい物陰にいろんな蓋を探す生涯

硬い風に窓の震える日の暮れもバナナの筋は全部取りたい

心にも蛾を

川に来れば川を眺めることになりことさらなにを知りたくもない

したたっていただけなのに液体と定義をされて　液体のおれ

記憶にも川は流れて橋脚に割れる姿を眺めてしまう

字の汚いことの利点に罵りも愛も人前にて書き散らす

なにをしているんだろうかおれたちは心にも蛾をとまらせていて

食塩に海を覚えるゆで卵　このおれはだれのためのこのおれ

始めたら終わる世界で夕立は優等生の激しさを持つ

テーブルをころがる細い薬瓶部屋にひとりという明るさに

電柱のやっぱり硬いことをただ荒れっぱなしの手に触れさせる

いまだ身に宿る熱さよ陸橋の真下は雨のにおいをさせて

生きる、そのための潤みの足りなさに視線を奪われる夜の川

乗せたまま投げたのだからうつくしいあきらめとして匙をこぼれろ

立ち直る必要はない　蝋燭のろうへし折れていくのを見てる

傷つけてしまう怖れに水ばかり見ていたような春がまた来る

手花火を咥えて踊る

暗がりの底のすべては川でした帰路こんなにもズボンが重い

一語一語をちゃんと区切って話されてなにが大事なことだったのか

片づいていない机の足もとにペットボトルの水のとろとろ

悪口を言うさびしさにくちびるを何度も舐めてしまうはつなつ

海でしょう、海でしょうって渡れないことを何度も確かめている

ふくふくとひらく朝顔その頬のあたりがずっと揺れていること

見ていれば違っただろう「つる草の一生」というドキュメンタリー

うちあける相手はいない朝六時　水を洗面器に受けている

潮騒と白犀　みんなおだやかな表情をして問いつめてくる

ああおれは言葉知らずのままで来て語尾に微笑をつけてしまうよ

たましいは水溶性と確信を深めてながく洗う浴槽

手花火を咥えて踊る　はじけるというおしまいのおもしろいこと

謝ればどうしたのって顔ばかりされておれしか憶えていない

羽虫どもぶぶぶぶぶぶと集まって希望とはその明るさのこと

レジ打ちの青年の手は荒れていて頷きながら受け取る硬貨

願望が肉持つときを待ち望むその日その日を飛び交う蜻蛉

ペットボトルの首すじ光る真夏日を正装で何度も横切って

II

口ばしるなよ

ゆびで梳く自分の髪は頼りなく、愛なんて口ばしるなよ鳥

自己愛で魚が釣れて刺身には醤油がべっとりとついている

ラブホテルの名前が雑で内装はこのまま知らず死ぬことだろう

性欲は驟雨にすぎずそこにあるカーディガン羽織ってやむまでを待つ

唯一の男らしさが浴室の排水口を詰まらせている

相聞歌からほど遠い人里のわけのわからん踊りを見ろよ

はるかな吐息

見上げたら防犯カメラの上まつ毛下まつ毛ともほこりまみれ

三十歳職歴なしと告げたとき面接官のはるかな吐息

おれのなにを見るかは知らず面接の面接官の眼はよく動く

たぶんこの数分だけの関係で終わるのにおれの長所とか訊くな

なで肩がこっちを責めていかり肩が空ろに笑う面接だった

荷造りのあまった紐のようである明らかに切ったほうが便利で

なにもない八月を恥じている日々のどの表情も鍋に似ている

目標がなくなったあとおそなつに噛む木べらから木の味がする

極東の午後

献血の出前バスから黒布の覗くしずかな極東の午後

革命を謳う落書き　旧館のトイレから見る空はまぶしい

本当のことを話せばどうしてもこの日陰からはみ出てしまう

暗闇がどの身にもある現実に口をおおきく開けてやまない

用意からどん、 までの間の静寂に枯葉一枚ほどの身じろぎ

そこそこの結果を望み　なかぞらの気球の籠の底のがさがさ

廃ビルの影うつくしくなにものにもいつしか訪れる黄金期

肩甲骨だって翼の夢をみる　あなたはなにをあざけりますか

〈みほん〉

いつも行くハローワークの職員の笑顔のなかに〈みほん〉の印字

関西にドクターペッパーがないということを話して終わる面接

なんらかのテストのようでまた傘の角度を前に左に変える

都合よく胸に開いてる大穴に空から星が落ちてこないか

牛乳はぬるくなるほど甘くなりおれの体に瞬時に馴染む

あたりめをいっぽんいっぽん組みあわせてイカに戻るか面接通るか

まだ長い間奏の途中なんだからアンコールって言うな　帰るな

どうにでもなれそしてまためんつゆと麦茶を間違える夏は来る

鎖されていく

作業服は枯れたくさいろ　左胸ポケットに挿さるペンのぎんいろ

職歴に空白はあり空白を縮めて書けばいなくなるひと

落ちている一円は拾うタイプですか　訊かれて薄く笑う真昼間

終えたから来た湾岸に並び立つクレーンどれもことごとく赤

倒されてなお自転車はからからからと喘ぎのようにペダルを回す

秋は月に会えるのが早い　公園は一目散に鎖されていく

県道を越えてみどりのコンビニへ行く無保険のからだがひとつ

勝ち負けで語ってしまう　ゆびさきにぬるくつつんでいる白銅貨

暗いところは肺を濯いでいくところ澄みきってひとをきよらに嫌う

赤い葉

アステカのスパッツという商品が亡き祖母宛てに送られてくる

夜の果てにスターハウスが沈むとき肩からほどけ落ちるふろしき

算数が数学になり妹は窓に映った部屋を見ている

やさしさにころしてしまう夏虫のたった一度の夏だったこと

お前が裸足で望遠鏡を踏んだからとどめをさしてやる兄として

がたがたに影を並べてこれがあの夕景だよなんてゆるさない

草と風のもつれる秋の底にきて抱き起こすこれは自転車なのか

コンビニのひかりに今日は救われてみんな電話を触りはじめる

持たざる者として

弱いこと　捨てられてゆく紙きれの地に着くまでを目で追っている

胸を張って出来ると言えることもなくシャツに缶コーヒーまたこぼす

口笛を吹いて歩けばここに野の来る心地する　果てまで草の

なにもかも午睡に貢ぎその夜を持たざる者として歩みたい

なりたての切り株はまだみずみずと年輪の線にじませている

暗いところは肺を濯いでいくところ澄みきってひとをきよらに嫌う

赤い葉

アステカのスパッツという商品が亡き祖母宛てに送られてくる

夜の果てにスターハウスが沈むとき肩からほどけ落ちるふろしき

冬を越すことのできない蚊柱の、 なるほど、 おれに群がってくる

この星の油断うつくし閉めるのを忘れた窓の桟に赤い葉

宇宙的スパンで見れば風呂のあとまたすぐ風呂の生物だろう

十割る三がもののはずみで割りきれてしまって　叫び声がきこえる

いつ見ても遠いものだと思ってたセイタカアワダチソウの向こうの
だれからも解き放たれるときのため蓮華畑を目に留めておく
この海にぴったりとした蓋がないように繋いだ手からさびしい

雨という命令形に濡れていく桜通りの待ち人として

参考にならない話のはしばしにほのかに暗いカフェが出てくる

暮らさない街を数える指先に小さいものがそっと来ている

夜景にも質感のあるこの夜をこの夜を忘れるな手のひら

生きていくことをあなたに見せるときちょうど花びらでも降ればいい

いずれ土をあたたかく湿らせるひとと環状線を半分まわる

薄いレモン

へろへろと焼きそばを食う地下二階男五人の二十三時に

秋というあられもなさにわたくしを見下ろす女ともだちふたり

ありがとうとは言えないがチョコレートの包みを丁寧に解いている

ゲッツーに倒れたように晩秋は終わりそれぞれ遠くを思う

ハローお前らご機嫌ですかカクテルの薄いレモンで唾がとまらん

いま高くはじいたコインのことをもう忘れてとびっきりのサムアップ

おれだけが裸眼であれば他人事に眼鏡交換パーティー終わる

またお会いしましょう　棚の裏側でビンのキャップが見つかるように

ななめ向かい

異性はおろか人に不慣れなおれのため開かれる指相撲大会

思いきってあなたの夢に出たけれどそこでもななめ向かいにすわる

パッチワークシティに暮らす人からの手紙や、ばらばらのチェスピース

愛なんて、と言いかけてごわごわの服を着ている犬と目があう

本名をいつかあなたに教えたいその真夜中の港のにおい

ふたりきりになっていったいどうしたらいいのかと思う　のびなさい麺

それなりに所有をしたいおれの眼に九月の青空はうすく乗る

恥ずかしく祭りにひとり来てしまい割り箸がとてもきれいに割れる

「待たせたな」もうすぐカッコつけながら来るはずおれのなかの勇気は

まくっていた袖を戻して秋口の駅を　きみの知らない町を

III

工場へ行く

工場は駅から遠く舐めだした飴が溶けきるころに着く距離

終業はだれにでも来てあかぎれはおれだけにあるインク工場

すみませんのひとつも言えずポケットはのど飴の箱で角張っている

できる人に任せなさいと告げられるほどの実力　けれども春は

手のひらの皮膚薄くする工場の摑みかけてはまだ届かない

ほかに行くあてなんてなく曇天をひたすら衝いている噴水の

「ふつう」ってなんなんだろう　扇風機の〈中〉はそこそこ部屋を散らかす

金を数える

扉しまりますと聞こえて目覚めれば切符のように手に刺さる爪

さくらでんぶのでんぶは尻じゃないということを憶えて初日が終わる

敵国の王子のようにほほ笑んで歓迎会を無事やり過ごす

人生は運　飲み会と飲み会のすき間でオリオン座が見えている

この先はお金の話しかないと気づいて口を急いでなめる

吐きそうが口癖になる　吐きそうが同僚たちに広がっていく

この街のタクシーはみな黒ばかり　橋を渡って金を数える

くるえない

また恥をかきたくなくて木曜日インターホンの取説を読む

「すいませんくるっています」と始めたらくるいきるしかないない夜だろう

呼べば応えてくれる仕組みを当然と思うなよ頬に照る街明かり

もう堪えきれなくなって駆け込んだ電車のつり革の赤いこと

はやく家に帰ろう街の電柱がみんなアルデンテに見えてくる

人里に来て食い荒らす猪のよく動く耳　黄色い月夜

くるえない今日は黙って微笑んでいましょう目には花弁をためて

労働は人生じゃない雨の日を離れてどうしているかたつむり

大丈夫かどうかはおれが決めていく一年前の飴はにちゃにちゃ

冬の距離感

パインアメは吹いても鳴らず予報では明日この街に初雪が降る

ひげを剃るときの無言よ身にあてる刃物はどれもとても冷たい

寒くなるほどさびしくなっていきやがるカレンダー薄っぺらな心め

ゆるしあうことに焦がれて読みだした本を自分の胸に伏せ置く

モチーフが足りなくなればキャンバスにティッシュの箱を丁寧に描く

じゃがりこで生き延びたあとその味にまみれた指をこすり合わせる

駅前の冬が貧しい　できなさとしたくなさとを一緒にされて

滅べとは言えないだろうこの冬も夜空の遠いところを仰ぐ

ブルーベリーガム嚙むほどにあたたかいあきらめに似た味になりゆく

黒髪をはみ出る耳よせつなさは耳そぎ落としたいほどに来る

少しやさしくされると少し気になってしまう単純　靴下を脱ぐ

こんなところで裸足になってしまうから自分のこともわからないのだ

きみの手が睫毛をはずすその音も吸われているといい　この雪に

鏡

水を飲むことが憩いになっていて仕事は旅のひとつと思う

二十一の小娘に頭を下げて謝りかたを教えてもらう

どうしても戸が開かなくて　便意などもうないけれど便座に座る

雨がみな進化の果てに針となる妄想のずたずたの情婦たち

力まかせに抱き寄せるときくびすじに冬のサッカー場のにおいは

雪の白　心を病んだ友だちへけれどもきつく投げつけている
ああおれはどこにいるのか寝る前にちゃんと鏡は伏せただろうか

約束

ににんがし、 にさんがろくと春の日の一段飛ばしでのぼる階段

物干しのブルージーンズ両脚を蹴りあげている春風のなか

告げられないことを抱えたままに会う　ふたりとも腋汗をにおわせて

やっと五月。読みさしだったさみどりの歌集を持ってベランダに出る

呆然と日なたのなかに見送ったあんころもちのあんの脱走

もうおれはこのひざを手に入れたから猫よあそこの日だまりはやる

目の前に黒揚羽舞う朝がありあなたのなにを知ってるだろう

生命を宿すあなたの手を引いて左京区百万遍交差点

届かない言葉もあるということの手をかさねれば手だけの重さ

奪いあう約束をして晩夏光粘りつくほどこの身にかかる

繫ぐっていうよりつかみあいながらお祭りの灯を何度もくぐる

まぼろしのプールサイドを駆け抜けて叱られたいと思う　陽炎

畳まれる途中のままで一年を過ごした座椅子もあることだろう

天窓の光に足がふと止まる誰のヒーローにもなれなくて

さわったら鹿の体の熱いこと　もうすぐ完全にだめになる

忘れればみな美しい　夏空を千機万機の熱気球飛ぶ

まだ知らぬ街

投げられたあんパンを手と胸に受け投げたひとりがくれる目配せ

くるぶしをあきらかにした一瞬を知っている街　まだ知らぬ街

なにか夢を叶えたらしい友だちの缶コーヒーのお金も払う

鴨川に一番近い自販機のキリンレモンのきれいな背筋

ひとりへの思慕を隠してカルピスの服のやまない雨なでている

さびしさを音読みすれば〈りん〉なのか〈じゃく〉なのか揺れている竹林

目撃者を募集している看板の凹凸に沿い流れる光

金木犀のそこだけが濡れているような路面をいまはまっすぐに踏む

明けがたに届く迷惑メールから漏れる光で今日がはじまる

ローソンを中心にして地図を書くそこには川が三本あって

堤防を望遠レンズ持ったまま駆けていくひと　間にあうといい

IV

春を行く

他人から遅れるおれが春先のひかりを受ける着膨れたまま

期待とはこわれるまでの道すがら白いふくろをふわふわと踏む

実力は時間に比例しないこと　はなびらは集めてもはなびら

わからないことばっかりだ　ほとんどの眉毛を女子が抜いてくる朝

答えならともに花野へ行きましょういくたびも花の名を訊くひとよ

新緑の緑のあたりに立ち止まる　朽ちていくにも休憩がある

青

行き先を伝えないまま降り立った駅のどっちを見ても潮風

逃げてきただけだったのにここにことされて旅って答えてしまう

水際に立ちつくすとき名を呼ばれ振り向くまでがたったひとりだ

安宿の冷蔵庫には日本語の一文字もないウォーターボトル

ああこんなににぎやかな世界にいたんだ　耳から熱い水が流れて

サングラスをしてきたおれをあざ笑い耳の穴からしみる青空

この夏も一度しかなく空き瓶は発見次第まっすぐ立てる

湾岸の物流倉庫にかくされて音だけがそこにある遠花火

くしゃくしゃの

おさなさはいつまで残る手のひらに今年もえのころぐさ撫でている

知りたくはなかったことを知る坂のフェンスと蔦の仲睦まじさ

あかぎれにアロンアルファを塗っている　国道だけが明るい町だ

ラブホテルの隣に葬儀場ができ明るいほうがひとのいる場所

しんりん、と木々をまとめてゆくような冷たさにいくたびも頬は

手に受けるコピー用紙のあたたかさ街より少し早い夜更けに

迷うよねしたくないことしかなくてドトールのある街はいい街

こおろぎの羽根の薄さが暗がりを伝っておれの耳に楽しい

剝離とは新たな面を見せること駅舎の壁に陽はふくらんで

鼻をかみたくて探ったポケットを出てくるのはくしゃくしゃのレシート

指に来る冬

ビターチョコレートを口に遊ばせてつめたい夜の月と目が合う

穴たちに月の光がブームです　鼻をかんだらきらきらきらひかる

火口という火口に花を挿していくその白い手にあこがれている

こ・こ・で・は・な・い・ど・こ・か　九つ指を折り小指にしんと冬が来ている

さびしいと思ったことのある町をとまりつつとまりつつバスがゆく

夜の深い駅から出れば特急も普通も光る箱、光る猫

ゆきのひかりもみずのひかりであることの、きさらぎに目をほそめみている

わけなんて知らないほうがいいこともある心臓を流れ降る雪

冬の青空

「生きろ」より「死ぬな」のほうがおれらしくすこし厚着をして冬へ行く

意志宿る無数の黒目を生みだして鉛筆は冬の紙に倒れる

結末は小銭拾いの背曲がりの笑うと歯ぐき覗ける男

なんとしてもこの世にとどまろうとしてつぱつぱ喘いでいる蛍光灯

のど飴をのどがきれいなのに舐めて二十代最後の二月を終える

窓の外には観覧車まわってもまわってもまた来るのがおれだ

対岸に林檎は赤く流れ着きそろそろはじまってもいいだろう?

長いひきこもりのあとのきらきらのまつ毛ごしに見る冬の街

紳士服売場におれが立っているその不自然を笑えスカーフ

街宣車の「同期の櫻」を聞きながら（花の都の）とどまらず行く

行き止まるたびになにかが咲いていていてだんだん楽しくなるいきどまり

解説　だんだん楽しくなるいきどまり

石川美南

生きかたが洟かむように恥ずかしく花の影にも背を向けている

季節は春。満開の桜。楽しげに花を見上げる人々に交って、ただひとり、所在なさそうに身を屈めて歩く男がいる。誰も彼を笑ってなどいない。けれども、彼は自分で自分を恥じて俯く。

自意識過剰、かつ非常に内向的な一場面だが、一首の印象はそれほど暗くない。「洟かむように」という比喩に漂うユーモア、洟をかむときにちゃんと背中を向けるデリカシー、カ行音を多用したリズミカルな韻律、そして、隠そうとしても隠しきれない「花」へのほのかな憧れ――。そうした要素が、歌にある種の品格を与えているのである。

虫武一俊の短歌の大きな特徴は、極端なまでの内向性にある。

問い詰める視線にまわりを囲まれて息したらもう有罪だった
このまんま待っても亀になれぬなら手足はどこへどうすればいい
見ていれば違っただろう「つる草の一生」というドキュメンタリー
なんらかのテストのようでまた傘の角度を前に左に変える

これらの歌では、「何故それほど自分に自信がないのか」という根拠は示されない。ネガティヴな自意識が空転する様子が、手を換え品を換え描かれるのみである。私などは、「とりあえず手足を動かしてみんかい」とツッコミを入れたい欲求に駆られることもあるのだが、こうした繊細さが、歌集全体の基調をなしていることは間違いない。「つる草の一生」の歌は、ナイーブな内面をさりげなくも巧みに言い表した秀歌である。つる草が支柱を這い上っていくドキュメンタリー。それさえ観ていれば、もっと向上心が身に付いていたのではないか、と彼は（実際には観ないまま）想像する。彼は謙虚にも、自らの生をつる草の下に置いているのだ。

こうした性質が作者に生来備わるものなのか、私はよく知らない。しかし、冒頭の歌に戻れば、彼が恥じているのは「生きること」自体というより、現在の「生きかた」の方らしいとわかる。

三十歳職歴なしと告げたとき面接官のはるかな吐息
職歴に空白はあり空白を縮めて書けばいなくなるひと

就職氷河期という時代状況がどこまで作用したかはわからないが、職を持たずに二十代を過ごすという経験が、作風に与えた影響は大きいのだろう。「空白を縮めて書けばいなくなるひと」というドライな認識の奥に、ひりひりとした焦りを感じて、読んでいて息苦しくなってくる。
では、そうした「生きかた」の突破口となるものは何か。それは、言葉（短歌）への信頼と、上質なユーモアの力である。ここまでに引いた歌でも十分感じられると思うが、特にユーモアのセンスを感じる歌を幾つか挙げておこう。

現状を打破しなきゃって妹がおれにひきあわせる髭の人
宇宙的スパンで見れば風呂のあとまたすぐ風呂の生物だろう
異性はおろか人に不慣れなおれのため開かれる指相撲大会

これらの歌には、自己を客観視して笑いに転化するしなやかさがある。「髭の人」「風呂のあとまたすぐ風呂の生物」「指相撲大会」といった意外なフレーズが、自意識の沼から一首を軽々と引き上げているのだ。

また、次の歌に見られるようなしみじみとした抒情性も見落としてはならない。

リニューアルセールがずっとつづく町　夕日に影をつぎ足しながら
草と風のもつれる秋の底にきて抱き起こすこれは自転車なのか
さわったら鹿の体の熱いこと　もうすぐ完全にだめになる

歌集中盤以降は、友人たちが登場する歌や恋の歌、そして勤労の歌もちらほら見え始める。歌集は編年体ではなく、緩やかなテーマに沿って再構成されているが、I章から順番に読んでいくと、ひとりの青年がためらいながら言葉を紡ぎ、その過程で他者を獲得していく様子が、ほのかに立ち上がってくるのではないかと思う。

もちろん、人間はそう簡単に変われる訳ではないし、働きさえすれば人生が好転するとは限らない。圧倒的な生の重みを前にするとき、短歌はあまりにもささやかである。けれども、だからこそ、この一冊には価値がある。

行き止まるたびになにかが咲いていていてだんだん楽しくなるいきどまり

力任せに壁を突き破ろうとするのではなく、行き止まりであることを一旦認めた上で、ゆっくりと視点を変えていく。一見遠回りに見えるその道が、もしかしたら最良の道なのかもしれないと、彼の歌は感じさせてくれる。この歌集は、とかくしんどいこの世を生き抜くための、最も力弱く、最も魅力的な武器たりうるのではないだろうか。

＊

虫武さんと初めて会ったのは二〇〇九年のことである。当時の虫武さんは全身から人見知りオーラを発しており、一歩近づくと一歩後ずさり、もう一歩近づくとまた後ずさり、一向に距離を縮めることができなかった。

その後、虫武さんは、インターネット上で多くの短歌仲間を作っていく一方、関西で幾つもの歌会やイベントに出没し、武者修行を重ねていった。近ごろは、初めて会った頃と比べてだいぶ印象が変わったように思う。ただ、自己紹介をするとき、はじめに「すみません、虫武です」と謝る癖は変わらない。わりあい長身の虫武さんが身を屈めて「すみません」と小声で話し出すと、なぜか周りの人が楽しそうに笑う。たぶん、私も笑っている。

新鋭短歌シリーズの監修を担当することが決まったとき、

「歌集を出すかどうかは虫武さんの気持ち次第だし、私が監修者として適任かはわからないですけど、とりあえず、これまで作った歌の数だけでも調べてみたらいいんじゃないでしょうか」と提案した。慎重な虫武さんのことだから、いきなり「絶対出した方がいいですよ」などと言ったら逆効果になるかもしれない。じわじわと外堀を埋めていく作戦だった。虫武さんは、

「千首くらいあると思いますけど」

と、あやふやな声で答えたが、数日後、

「改めて数えてみたら、約四千五百首ありました」

とメールが来た。四千、五百……。一瞬、何か開けてはいけない箱を開けてしまったような気がしたが、もはや後戻りはできなかった。

編集にあたっては、その中から三千五百首ほど読ませていただいた。ばらばらに散らばったまま輝いていた歌たちが一冊にまとまっていく過程を目撃するのは大変刺激的で、勉強になった。本書は、無限に存在した選択肢のひとつに過ぎないが、私たちが今考え得る最良の選択肢である。ぜひ、楽しんで読んでいただきたい。

虫武さんと『羽虫群』が、少しでも遠くへ飛んでいってくれますように。

あとがき

自分は何者にもなれないということにようやく気がついたとき、二〇代も半ばをとうに過ぎて、広野に立ち尽くしているような心地だった。自分なりに積み上げてきたと思っていたものは、そもそも最初から実体がなく、文字通り何も手にしていないところから、人より遅い始動をしなくてはいけなかった。

短歌と出会ったのはそうしたなかでのことで、決められた形式のあることは、他人へのアプローチやアピールをしなくても一応の完成形という手応えをもたらし、まだ人と上手く関われなかった私の性にあった。その後、インターネットを通じたり実際に顔を突き合わせたりしながら、数々の歌会や批評会に参加することになるのだから、人と関わっていけるようになることにおいて短歌が果たしてくれた役割は大きかった。

アピールできるほどの自己はいまもってないが、短歌においてはその「何も持っていなさ」が武器になることがあると思っている。世間一般では真っ先に排除される「弱み」が、短歌という枠組みを与えられることで、別の側面からの価値観を見せることができる。弱いことや負けることがマイナスに語られがちな日々のなかで、そこに沈みがちだった私が短歌によって掬い上げられたことは、本当に幸運だったと思う。

本書は二〇〇八年から二〇一五年にかけて作った歌から、既発表・未発表作あわせて三〇八首を選んで収録しています。発表の時系列にはこだわらず編集し、また既発表作においても一部順序の再編や言い回しの訂正を行っています。上梓するにあたりましては、書肆侃侃房の田島様、黒木様、また監修の石川さんから数々のアドバイス、ご助言をいただきました。本当にありがとうございました。御礼申し上げます。それから、素敵な写真を撮ってくださった三宅様や、空き家歌会をはじめとしていつも私がお世話になっている場の皆様も、いろいろと助けていただきありがとうございます。

最後に、いまこの本を手にとってくださっている皆様に、御礼申し上げます。少しでも良いひとときに貢献できていましたら、それが一番の幸いです。

二〇一六年　四月　　　　　　　　　　虫武一俊

■著者略歴

虫武 一俊（むしたけ・かずとし）

1981年3月生まれ。大阪府育ち。
龍谷大学社会学部卒。
2008年夏に短歌を始め、ラジオ番組や雑誌企画への投稿を重ねる。
2012年、うたう☆クラブ大賞（短歌研究社）。

Twitter : @mushitake

「新鋭短歌シリーズ」ホームページ　http://www.shintanka.com/shin-ei/

新鋭短歌シリーズ26

羽虫群

二〇一六年九月十七日　第一刷発行
二〇一八年七月　六　日　第二刷発行

著　者　虫武 一俊
発行者　田島 安江
発行所　株式会社 書肆侃侃房（しょしかんかんぼう）
〒八一〇‐〇〇四一
福岡市中央区大名二‐八‐十八‐五〇一
TEL：〇九二‐七三五‐二八〇二
FAX：〇九二‐七三五‐二七九二
http://www.kankanbou.com　info@kankanbou.com

監　修　石川 美南
装　画　清水 彩子
装丁・DTP　黒木 留実（書肆侃侃房）
印刷・製本　株式会社西日本新聞印刷

ISBN978-4-86385-224-2　C0092

新鋭短歌シリーズ ［第 4 期全 12 冊］

今、若い歌人たちは、どこにいるのだろう。どんな歌が詠まれているのだろう。今、実に多くの若者が現代短歌に集まっている。同人誌、学生短歌、さらにはTwitterまで短歌の場は、爆発的に広がっている。文学フリマのブースには、若者が溢れている。そればかりではない。伝統的な短歌結社も動き始めている。現代短歌は実におもしろい。表現の現在がここにある。「新鋭短歌シリーズ」は、今を詠う歌人のエッセンスを届ける。

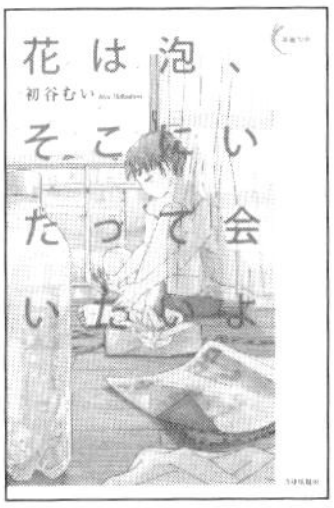

37. 花は泡、そこにいたって会いたいよ

初谷むい

四六判／並製／144ページ　定価：本体1,700円＋税

あまりにも素晴らしくって、
生涯手元に置いておくと誓った　―― 下川リヲ（挫・人間）

いつかは忘れてしまうような一瞬一瞬を、
全部思い出してしまう。　―― 山田 航

38. 冒険者たち

ユキノ 進

四六判／並製／144ページ　定価：本体1,700円＋税

現実を切り開くための羅針盤

シビアな社会を生きぬく人々の奇妙な熱気が、
街に、海に、遠い闇に、浮遊する。

―― 東 直子

39. ちるとしふと

千原こはぎ

四六判／並製／144ページ　定価：本体1,700円＋税

それはやっぱりすきなのですか

〈チルトシフト〉が生み出すおもちゃめいた世界
そこにリアルな恋心が溢れている。

―― 加藤治郎